Journal d'un chien

Mairi Mackinnon
Illustrations de Fred Blunt

Texte français d'Isabelle Montagnier

Éditions
MSCHOLASTIC

Comment utiliser ce livre?

Cette histoire a été écrite pour
que vous la lisiez avec votre enfant.
Vous lisez chacun votre tour :

Vous lisez ces mots.

Votre enfant lit ces mots.

À la fin du livre, aux pages 30 et 31,
quelques conseils vous aideront à guider
votre enfant dans l'apprentissage de la
lecture.

Journal
d'un chien

Tournez la page et commencez
à lire l'histoire.

Voici ma journée.
Pour commencer,
je réveille Jacques.

Je joue à la cachette
et je mâchouille
une chaussette.

Nous prenons le déjeuner,
puis allons travailler.

En chemin,
je ne jappe pas.

— Allez, Pitou!
Nous sommes arrivés.

Je vois un chat, mais
je ne l'attaque pas.

9

— Bon chien, Pitou.
Maintenant, allons au parc!

Je cours à gauche
et à droite...

Une barrière ouverte!
Je n'hésite pas un instant.

Je pars en courant et
Jacques se met à crier.

— Arrête, Pitou!
N'y touche pas!

Ça a l'air bon...
Pourquoi pas?

15

Est-ce qu'on
prend l'autobus?

Je monte, mais
Jacques reste derrière.

J'ai oublié notre
camionnette!

— Non, Pitou!
Vite! Descends!

Ouf! Juste
à temps!

19

— Attention à la flaque
d'eau, Pitou!

Trop tard!
Je suis couvert de boue!

— Je te donne un bain,
puis tu auras ton souper,
dit Jacques.

Je suis propre
et j'ai mangé.

Bonne nuit, Jacques.
À demain!

LES JEUX

Bon ou mauvais chien?

Lisez les phrases et dites si Pitou
se conduit bien ou mal.

1.
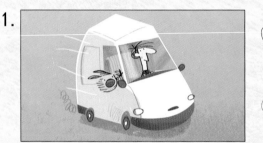

En chemin,
je ne jappe pas.

2.

Je vois un chat, mais
je ne l'attaque pas.

3.

Je pars en courant et Jacques se met à crier.

4.

Bonne nuit, Jacques. À demain!

Imagine les rêves de Pitou ce soir-là.

Logique
Associe l'image à la bonne bulle.

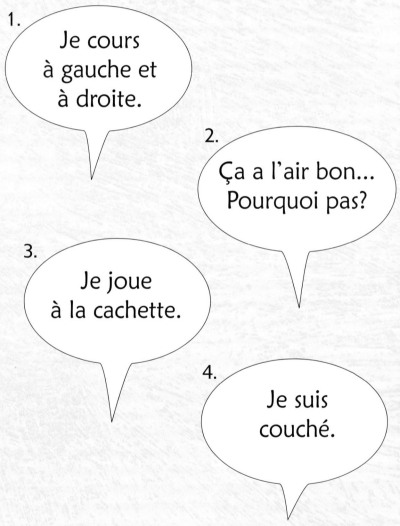

1. Je cours à gauche et à droite.

2. Ça a l'air bon... Pourquoi pas?

3. Je joue à la cachette.

4. Je suis couché.

A

B

C

D

27

Vrai ou faux

1.

Pitou court vite.

Jacques court vite.

2.

Pitou est dans l'autobus.

Jacques est dans l'autobus.

3.

Pitou est tout sale.

Jacques est tout sale.

Solutions

Bon ou mauvais chien?

1.

2.

3.

4.

Logique

1. Je cours à gauche et à droite. — B

2. Ça a l'air bon... Pourquoi pas? — C

3. Je joue à la cachette.— A

4. Je suis couché. — D

Vrais ou faux

Vrai. Pitou court vite.
Vrai. Jacques court vite.

Vrai. Pitou est dans l'autobus.
Faux. Jacques n'est pas dans l'autobus.

Vrai. Pitou est sale.
Faux. Jacques n'est pas sale.

29

Conseils pour la lecture

Mon premier petit poisson est une collection spécialement mise au point pour les enfants qui apprennent à lire. Votre enfant et vous-même lisez à tour de rôle. Cette approche permet à l'enfant de renforcer ses connaissances en lecture et l'amène à lire de façon autonome. Dans *Journal d'un chien*, on trouve les lettres et combinaisons de lettres suivantes :

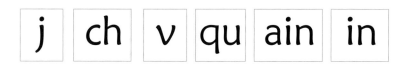

Il est important que votre enfant reconnaisse ces combinaisons de lettres et les sons auxquels elles correspondent. Il ne doit pas simplement lire les lettres individuellement.

Quelques questions et réponses

Pourquoi est-il nécessaire de lire avec son enfant?

Partager les histoires et lire à tour de rôle est un moment agréable pour l'enfant. Votre présence l'aide à gagner confiance en lui et l'encourage à persévérer. De plus, une histoire en peu de mots saura stimuler son intérêt.

Quel est le meilleur moment pour la lecture?

Choisissez un moment où vous êtes tous les deux détendus et où vous ne risquez pas d'être dérangés, afin de créer une ambiance propice à l'apprentissage. Cessez la lecture lorsque votre enfant perd de l'intérêt. Vous pourrez toujours la reprendre ultérieurement.

Que faire si mon enfant bute devant certains mots?

Encouragez votre enfant, essayez de trouver la solution ensemble. Si votre enfant fait une erreur, retournez en arrière et identifiez le bon mot ensemble. N'oubliez pas de féliciter souvent votre enfant.

Nous avons terminé. Que faire à présent?

Vous pouvez faire lire l'histoire plusieurs fois à votre enfant pour l'aider à assimiler et lui donner de plus en plus confiance en lui. Puis, quand votre enfant est prêt, vous pouvez passer à une autre histoire, selon son niveau.

Conception graphique de Caroline Spatz

Catalogage avant publication de Bibliothèque et Archives Canada
Mackinnon, Mairi
Journal d'un chien / Mairi Mackinnon ; illustrations de Fred Blunt ;
texte français d'Isabelle Montagnier.
(Petit poisson deviendra grand)
Traduction de: Dog diary.
ISBN 978-1-4431-1176-8
1. Chiens--Romans, nouvelles, etc. pour la jeunesse. I. Blunt, Fred
II. Montagnier, Isabelle III. Titre. IV. Collection: Petit poisson
deviendra grand (Toronto, Ont.)
PZ26.3.M2625Li 2011   j823'.92   C2011-901772-5

Édition publiée par les Éditions Scholastic,
604, rue King Ouest, Toronto (Ontario) M5V 1E1,
avec la permission d'Usborne Publishing Ltd.

5 4 3 2 1   Imprimé à Singapour 46   11 12 13 14 15

Dans la collection
MON PREMIER PETIT POISSON

En avant
la musique!

Lili la vache

Un autobus pour
Luce

Journal
d'un chien

Dans la collection
PETIT POISSON DEVIENDRA GRAND

NIVEAU 1

La sauterelle et la fourmi

La vieille dame dans une chaussure

Le corbeau et le renard

Le dragon et le phénix

Le petit pingouin frileux

Le poisson magique

Le renard et la cigogne

Pourquoi les éléphants ont-ils perdu leurs ailes?

Un monsieur tout tordu